나는 그냥
나

푸른생각 창작동화 001

나는 그냥 나

초판 1쇄 발행   2015년 12월 24일
초판 2쇄 발행   2016년   5월 15일

지은이 · 박산향 글, 최영란 그림
펴낸이 · 김화정
펴낸곳 · 푸른생각

편집 · 지순이, 김선도 | 교정 · 김수란
등록 · 제310−2004−00019호
주소 · 경기도 파주시 회동길 337−16
대표전화 · 031) 955−9111(2) | 팩시밀리 · 031) 955−9114
이메일 · prun21c@hanmail.net
홈페이지 · www.prun21c.com

ⓒ 박산향 · 최영란, 2015

ISBN 978−89−91918−42−9 03810

값 11,000원

푸른생각 창작동화 001

나는 그냥 나

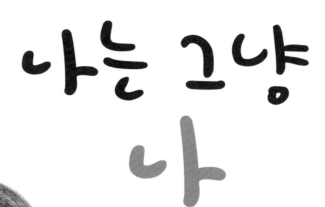

박산향 글 ● 최영란 그림

푸른생각
PRUNSAENGGAK

작가의 말

　전철이나 버스 안에서뿐만 아니라 길을 걸으면서도 스마트폰에 빠져 있는 사람들의 모습은 익숙한 풍경입니다. 서로 마주 앉아 밥을 먹으면서도 각자 스마트폰을 만지고 있습니다. 몸은 같은 장소에 있지만 생각과 마음은 따로따로입니다. 책을 읽는 것보다 컴퓨터나 스마트폰을 만지는 게 더 편한 세상에 우리는 살고 있습니다.

　어른뿐만 아니라 아이들도 바쁩니다. 미래를 걱정해야하고 그 준비도 남들보다 먼저 해야 합니다. 해야 할 일은 많고 시간은 늘 모자랍니다. 놀이터는 아이들도 없이 텅텅 비어있지요. 내 일도 바빠서 정신이 없는데, 친구의 마음을 알아주고 우정을 나눌 수 있을까요?

　그래도 나는 아이들이 맘껏 웃고 즐길 수 있는 세상, 사랑이 넘치는 아름답고 따뜻한 세상을 꿈꿉니다. 힘이나 돈이나 공부가 우선이 아니라, 사랑이 우선이고 사람이 더 중요하다고 생각합니다.

어른의 눈으로, 어른의 틀에 맞추어서, 어른들이 원하는 대로 살아간다면 편하고 빠를 수는 있겠지만 '나'를 찾기는 힘들어집니다. 아이들을 끌어당기고 재촉하기보다는, 지켜보고 기다려 주는 어른이 많기를 바라봅니다. 느리고 서툴러도 참아 주고 믿어 주는 어른이 많았으면 합니다.

어린 시절, 동화책을 읽고 상상의 세계로 들락거렸던 것처럼 친구들에게 이 동화도 다른 세상을 보는 작은 문이 되었으면 좋겠습니다.

2015년 12월
박산향

차례

좀 놀자!

1

"오늘은 자전거 먼저 타자."

"그래! 가방 갖다 놓고 바로 나올게."

동민이랑 나는 학교를 마치고 집으로 걸어오면서 같이 놀 계획부터 세웠다. 아파트 광장을 지나고 놀이터 입구에서 동민이랑 헤어졌다. 우리 동의 맞은편 동에 사는 동민이는 나랑 같은 반 단짝친구다.

"오빠, 어디 가?"

현관에 가방을 집어 던지고 다시 나가려고 하니 먼저 와서 텔레비전을 보고 있던 정인이가 부른다.

"자전거."

"나도 갈래."

"됐어. 귀찮아!"

"나도 자전거 탈 거야!"

기어코 정인이도 자전거를 끌고 엘리베이터에 탔다. 엘리베이터 안에서 자전거를 잡고 서서 거울을 보니 내 얼굴이 까맣긴 하다.

"푸푸풋!"

"왜 웃어? 기분 나쁘게."

정인이가 팩 눈을 흘기며 째려보았다. 정인이 얼굴을 보니 나보다 더 새까맣게 타서 못난이 같다. 아침에 엄마가 하신 말씀도 생각나고 키득키득 웃음이 날 수밖에.

"아이고! 논일하는 일꾼도 아니고 이게 뭐냐? 새까맣게 타서 못 봐 주겠다."

엄마가 등교 준비를 하는 우리의 옷매무새를 만져 주시면서 하신 말씀이다. 정인이랑 나는 원래 피부가 뽀얀 편이었다. 그런데 이 아파트로 이사 오고 몇 달 사이에 깜둥이로 변해 버렸다. 뽀얗던 피부가 새깜둥이가 됐건 말건 나는 이곳이 무척이나 마음에 든다. 물론 정인이도 좋아하는 것 같다.

동민이는 먼저 나와 기다리고 있었다.

"가자!"

슝! 자전거를 밀다가 가뿐하게 올라타서 금방 속도를 높였다. 옆에서 동민이도 속도를 낸다. 볕이 뜨거워도 자전거를 타며 맞는 바람은 시원하다. 우리는 페달을 더 힘차게 밟았다. 늘 그랬던 것처럼 아파트를 한 바퀴 돌고 나서 나랑 동민이는 밖으로 나오고, 정인이는 아파트 놀이터로 갔다.

아파트 주위를 빙 돌았다. 새로 생긴 아파트 단지라 주변에 아직 우리 아파트 말고는 큰 건물이 없어서 마치 벌판 같다. 지금은 넓은 길에 자동차도 별로 다니지 않지만 앞으로는 자꾸 건물들이 들어설 거라고 한다. 다리 하나만 건너면 시내로 갈 수 있는데도 이 아파트는 도시와는 완전히 다른 곳처럼 느껴진다. 덕분에 우리들이 자전거를 타거나 놀기에 딱 좋다.

동민이 자전거랑 앞서거니 뒤서거니 하며 쌩쌩 바람을 갈랐다. 크게 한 바퀴만 돌아도 헉헉 숨이 찬다. 초여름의 날씨에 송골송골 땀이 맺힌다. 내 살결도 조금 더 까매졌을 것이다.

"애들 있을걸."

"우리도 공 차러 가자."

다음 코스는 축구다. 요즘 내가 가장 좋아하는 축구,
학교에서도 반별로 시합을 계속하고 있어서 남자아이들
의 관심은 온통 축구에 가 있다. 쉬는 시간마다 공을 들

고 운동장에 나갈 정도다.

축구장 입구에 자전거를 세웠다. 한 무리의 아이들이
소리를 지르며 공을 쫓아다니고 있는 걸 보니 벌써 시합
은 시작되었다.

"우리 들어간다!"

나는 뛰고 있는 아이들을 향해 손을 흔들며 크게 소리
쳤다. 이쪽 편에 나, 저쪽 편에 동민이가 들어가면 시합
은 그대로 진행되는 것이다. 아이들이 움직이는 흐름을
살피며 통통통 뛰어 보니 다리가 가볍다. 두 골 정도는
문제없이 넣을 수 있을 것 같다.

"파이팅!"

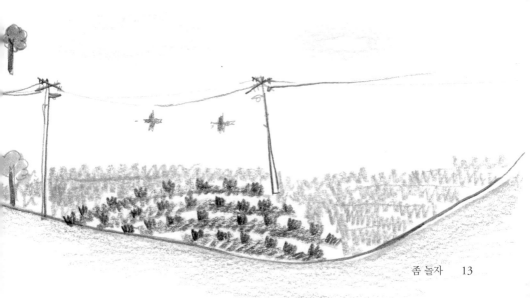

나는 공을 쫓아 달려가면서 기합을 넣었다.

2

전학생이 늘었다. 비어 있던 교실 책상들이 거의 다 찼다. 전학 온 아이들이 많다는 건 그만큼 우리 아파트에 이사를 온 사람들이 많아졌다는 얘기다. 우리 아파트에 사는 아이들은 모두 우리 학교에 다니기 때문이다. 서울에 있던 어느 큰 회사가 아파트 근처로 옮겨왔다는데, 그 회사에 다니는 분들이 한꺼번에 이사를 왔다. 동민이네 아래층으로 이사를 온 기찬이도 아버지가 그 회사에 다니는 분이고, 서울에서 학교를 다녔다고 하였다. 기찬이는 마침 우리랑 같은 반이 되었다. 기찬이는 이야기도 잘 통하고 성격도 좋은 것 같아서 동민이도 나도 기찬이랑 금방 친해졌다.

학교를 마치고 집으로 오면서 동민이랑 나는 오늘은 뭘 하고 놀까 궁리하였다.

"축구?"

"그래!"

요즘 우리 남자들 사이에서는 온통 축구가 가장 화젯거리였다.

"축구화 있어?"

"아니."

기찬이는 축구화가 없다고 했다.

"축구화가 좋은데……. 운동화도 괜찮아."

기찬이는 축구화를 안 신어 봐서 모르겠지만 축구를 할 때 축구화를 신고 안 신고는 천지 차이다. 있는 힘껏 공을 뻥 차도 발가락이 아프지도 않다. 운동장을 달릴 때 미끄러지지도 않고 발에 공이 닿는 순간 날아가는 파워가 완전 다르다.

축구화는 동민이가 가장 먼저 신었다. 동민이 아버지는 조기 축구회에서 주말마다 축구를 하시기 때문에 동민이한테 축구화 먼저 사 주셨다. 축구화를 신고 뛰는 동민이 모습이 꼭 축구 선수처럼 멋있게 보였다.

"운동화 신으면 되지 꼭 축구 신발이 있어야 공 차냐?"

엄마는 이해를 못 하신다. 축구화를 신고 운동장을 뛰는 기분, 뻥 공을 날리는 기분이 얼마나 짜릿한지 모르시기 때문에 하시는 말씀이었다. 나도 엄마를 졸라 축구화를 갖게 되었을 때는 하늘을 나를 것 같은 기분이었다.

"201동 뒤에 축구장 있는 거 알지? 거기로 와, 바로."

기찬이가 이사 온 지 얼마 안 되었기 때문에 축구장 위치를 알려 주었다.

"엄마한테 물어보고."

기찬이는 잠시 망설이다 자신 없는 목소리로 말했다.

"왜?"

"공부 땜에."

"좀 놀고 공부한다고 그래. 숙제도 없잖아."

"그래도……."

"좀 이따 보자. 축구화 신고 올게."

동민이랑 기찬이가 같은 동으로 들어가는 것을 보고 나도 맞은편 우리 동으로 후다닥 달렸다. 정인이는 오늘 나보다 늦게 오는 날이라 집에 없을 것이다. 냉장고를 열어 시원한 우유 한 잔을 마시고, 아이스크림이 있나 없나 뒤져 보았다. 정인이가 좋아하는 멜론 맛을 내가 먹어 버리면 앙탈 부릴 게 분명하다. 요거트 맛 아이스크림을 하나 물고는 축구화를 신고 나왔다.

동민이가 항상 나보다 빨리 나와서 기다리곤 했는데

보이지 않았다. 아이스크림을 다 먹을 때쯤 동민이가 공을 들고 나왔다.

"기찬이는?"

기찬이랑 같이 올 거라 생각했는데 동민이 혼자였다.

"못 논대."

"왜?"

"엄마가 못 나가게 해서. 기다리다 그냥 왔어."

"그래? 그럼 우리끼리 가자."

동민이랑 나는 기찬이랑 같이 축구도 하며 놀고 싶었지만 나오지 못한다니 할 수 없었다. 우리 무리들은 어둑해질 때까지 아파트 놀이터와 주변을 뛰어다니며 조용한 아파트를 우리들 소리로 가득 채웠다.

3

기찬이가 일부러 나를 피하는 것 같다. 눈도 맞추지 않고 말도 하지 않는다.

"야, 이동민! 기찬이 자식 삐쳤대?"

나는 동민이에게 기찬이에 대해 물어보았다. 동민이라

면 무슨 일이 있는지 알고 있을 것이다.

"재수 없어. 나한테도 그래."

동민이는 말하기 싫다는 표정이었다.

"너 기찬이하고 싸웠냐?"

동민이는 나하고 더 오래된 친구지만 기찬이가 이사 온 후로는 아래위층으로 살고 있으니 부쩍 같이 붙어 다녔다.

"치사하게, 서울 아줌마들이 우리하고 노는 거 싫어한다잖아! 공부 못한다고!"

"그래서?"

"그래서는 뭘 그래서야. 그 짜식들도 엄마들 눈치 보더라."

"우리가 뭐 어때서!"

정말 치사하다는 생각이 들었다. 공부를 잘하고 못하고에 따라서 친구들마저 멀어진다는 건 말도 안 된다.

"너도 오늘 밖에 못 나오지?"

"갑갑해 미치겠어."

동민이도 그렇고 나도 그렇고 이제 학교를 끝내고 집에 오면 마음대로 밖에 나가지 못한다. 갑작스럽게 동민이네 엄마와 우리 엄마까지 다 변했다. 서울에서 이사 온 아이들은 밖에서 놀지 않고 공부를 한다면서, 우리도 나가 놀지 말고 집에서 공부만 하라는 것이다. 그건 순전히 어른들의 생각이다. 무조건 밖에 나가지 말라니 어른들은 뭘 몰라도 한참 모른다. 멍청하니 집 안에 앉아서 텔레비전을 보고, 컴퓨터 게임을 하는 건 괜찮다는 말인가.

나는 일주일에 세 번 피아노 학원만 다녀오면 된다. 나머지 시간에는 집에 꼭 틀어박혀서 책 읽고 공부하라는 건데 맨날 공부만 하는 건 정말 불가능하다. 물론 나는 숙제는 꼭 한다. 숙제가 있다고 해도 30분이면 끝낼 수 있다. 나머지 시간을 집 안에서 빈둥빈둥 보내야 하는 게 답답해서 죽을 지경이다.

"엄마아! 제발 오늘만요. 딱 한 번만 자전거 타고 올게요."

나는 엄마한테 전화를 해서 자전거 타러 나가게 해 달라고 졸랐다.

"오늘 공부는 다 했니?"

엄마의 잔소리가 시작되었다.

"숙제도 다 하고, 문제집도 다 풀었어요. 제발요."

"그럼, 너무 오래 있으면 안 된다. 잠깐만 타고 들어와. 엄마가 정인이한테 물어볼 거야. 알았지?"

"예에!"

내 목소리가 높아졌다. 자전거를 끌고 엘리베이터를 타면서 나는 해죽해죽 웃음이 나왔다. 아파트 마당에 내려서니 가슴이 뻥 뚫리는 듯하다.

자전거를 타고 아파트를 빙빙 돌았다. 오후 볕이 제법 뜨거워도 자전거로 달리면 땡볕도 상관없다. 놀이터를 지나고 축구장을 지나고 아파트 입구를 돌아 한 바퀴를 달렸는데도 친구들이 아무도 보이지 않는다. 그늘 밑 벤치에 할머니 몇 분만 도란도란 이야기를 나눌 뿐이다. 씽씽 달리던 내 자전거에서 힘이 쑥 빠졌다. 아니, 자전거를 타고 있는 내가 재미가 없어졌다.

"에이, 아무도 없잖아!"

동민이랑 같이 자전거를 타고 앞서거니 뒤서거니 할 때가 재미있었는데 혼자서 타는 자전거는 도무지 흥이 나지 않는다. 유치원생 꼬맹이들조차도 보이지 않는다. 사람이 살지 않는 동네처럼 고요하기만 하다.

"오빠, 왜 이렇게 빨리 와?"

집으로 들어가니 정인이가 이상하다는 듯이 쳐다보았다.

"몰라, 재미없어."

시계를 보니 나간 지 20분도 안 되었다. 거실에서 뒹굴며 텔레비전 만화 채널을 보고 있던 정인이를 쳐다보지도 않고 방으로 들어왔다. 이제부터 뭘 해야 할까. 숙제도 다 했다. 엄마는 늘 책 읽어라 읽어라 하시지만 책을 읽기도 싫다.

컴퓨터 전원 스위치를 눌렀다. 컴퓨터 안에서 동민이를 만날 수 있다는 걸 잠시 잊고 있었다. 아마 동민이도 나처럼 심심해서 친구를 찾고 있을 것이다. 그래, 컴퓨터 안에서라도 만나서 놀면 된다. 그럴 수밖에 없다. 나는 우리가 자주 들어가는 게임 사이트를 클릭했다.

쪽지와 함께 동민이에게 초대장을 보내고 기다렸다.

'이동민, 우리 좀 놀자!'

4

기말고사가 끝나고 나서 한나절도 지나지 않아 성적에 관한 소문이 온 아파트에 쫘악 퍼졌다. 엄마들끼리 순식간에 정보를 주고받았다.

"세상에, 이렇게 수준 차이가 나서 어떻게 해요?"

"이사를 오는 게 아니었는데……."

"아무리 지방이래도 그렇지 애들이 너무 공부를 안 한다니까요."

서울 아줌마들이 폭폭 한숨을 쉬었다. 서울에서 이사 온 아이들은 틀린 개수를 찾아야 할 정도로 시험을 잘 본 것이다.

그런데 전부터 이곳에 계속 살던 엄마들도 한숨을 쉬긴 마찬가지였다.

"서울 애들 따라가려면 보통으로 해서는 안 되겠어요."

"맨날 밖에서 놀 때가 아니야. 쟤들처럼 집에 붙잡아 놓고 공부를 시켜야지."

"역시 서울 애들은 다르네!"

"어떻게 공부시킨대요?"

온통 시험 이야기뿐이었다. 우리 엄마도 퇴근하자마자 동민이네로 바로 전화를 걸었다. 미리 소문은 들어서 알고 계신 내용을 확인하는 거였다. 우리 아파트 단지는 완전히 입주가 끝나는 시기가 내년이기 때문에 시설들이 하나씩 생기고 있는 중이었다. 작은 공부방은 군데군데 있지만 아직 큰 학원이나 전문 학원도 없고, 심지어 대형 슈퍼마켓조차 갖추어지지 않았다.

"선생님을 집으로 부른대요? 걔들은?"

엄마는 큰 발견이라도 한 듯이 나를 노려보았다.

"제·가·왜·요?"

통화 중이시라 소리는 내지 않고 입 모양으로 엄마께 항의했다. 평소에 숙제를 하지 않은 적도 없고 친구들과 사이좋게 잘 지내는 나름 모범생이었는데 갑자기 내가 문제 학생으로 바뀐 것 같아 억울한 생각이 들었다.

"기찬이랑 놀 생각은 하지도 마."

동민이 엄마와 통화를 끝내자마자 엄마가 하신 말씀이었다.

"왜요오!"

발을 탕탕 구르고 양팔을 흔들고 얼굴을 찡그리며 최

대한 불쌍한 표정으로 엄마께 매달렸다.

"봐라, 꼴이. 새깜둥이가 되도록 밖에 싸돌아다니니 성적이 나올 리가 있나! 저 서울서 온 애들은 다 백 점이란다, 다!"

"그게 뭐요!"

"정우야, 지금처럼 놀다가는 네가 꼴찌야."

엄마는 단단히 결심을 하셨는지 단호하게 잘라서 말씀하셨다.

"이제 집에서 공부도 하고 정인이 공부도 도와주고 그래."

"싫어요!"

엄마는 학교 마치고 와서 이제 밖에 나가 노는 건 절대 안 된다고 못 박았다. 외출 금지령이 내려졌다.

"엄마아!"

"그동안 잘 놀았잖아. 기찬이 엄마가 동민이랑 너 싫다고 한단다. 수준 맞지 않는다고!"

기찬이가 우리를 피하는 이유가 그거였구나 싶었다.

"공부 못하는 너 때문에 엄마까지 수준 없는 사람 됐다. 이게 뭐니?"

엄마는 서울 아줌마들이 무시하는 것이 더 분하고 화가 나는 모양이었다. 그래서 나는 조금 미안한 생각이 들기도 했지만 그래도 이건 아닌 것이다. 뭐가 잘못되어도 한참 잘못된 거다.

나는 내 방 쪽으로 성큼성큼 걸어가서는 문을 쾅 닫아 버렸다.

'우리가 뭐 어때서!'

5

학교에서 종일 공부하고 돌아와서 놀지도 못하고 축구도 못 하는 건 너무 싫다. 그럼 무슨 재미로 살라는 말인가. 나에게 이런 시련이 오다니 기가 막힌다.

"그래, 너 잘났다!"

교실에서 기찬이를 보자마자 화가 나서 한마디 했다.

"미안……."

"하긴 공부 못하는 우리랑 어떻게 놀겠냐?"

기찬이가 아무 말도 못 하고 고개를 숙였다.

"너무 그러지 마라, 기찬이가 뭐 그러고 싶어서 그러

겠냐. 다 엄마 때문이지."

동민이가 기찬이 편을 들었다. 나도 알고 있지만 학교에서마저 삐죽삐죽 눈치를 보며 우리를 피하는 기찬이 녀석 때문에 속이 더 상했다.

"학교서도 모른 척할래?"

"그게 아니라……."

학교에서 일어나는 일이 집에도 돌아가기 전에 엄마들에게 다 알려진다는 건 참으로 신기한 일이다. 도대체 어떻게 해서 그렇게 빨리들 아시는지 모르겠다. 실시간으로 중계가 되는 것도 아닌데 말이다.

"내 생각은 엄마하고 달라."

기찬이가 나를 똑바로 보며 말했다. 그러자 순식간에 기분이 확 풀어지는 걸 보니 내가 마음이 약하긴 한가 보다.

"기찬이 너도 우리가 좋지?"

동민이가 나랑 기찬이를 한꺼번에 어깨동무하며 분위기를 띄운다. 기찬이가 고개를 크게 끄덕였다. 활짝 웃으며 우리 셋은 의미 있는 눈빛을 주고받았다.

"우리끼리 비밀!"

우리는 비밀 연애라도 하는 사람처럼 조심스럽게 행동했다. 잠깐이라도 마음을 놓았다가는 금방 아줌마들한테 소문이 날 것이다. 특히 서울 아줌마들의 독수리 눈매를 피하려면 함부로 친한 척하면 안 된다.

"다른 친구들하고 다 같이 뭉텅이로 놀면 괜찮아."

동민이 말이 딱 맞다. 둘이, 아니면 셋이 모여서 노는 것도 아니고 다 같이 놀면 트집 잡지는 못할 것이다.

그렇게 학교에서는 시치미를 뚝 떼고 모르는 척하면서 우리 삼총사는 똘똘 뭉치게 되었다. 물론 학교를 마치고 나서도 우리가 함께 놀 방법은 충분히 있었다. 온라인 게임을 같이 하면서 얼마나 친해질 수 있는지 어른들은 모르는 것 같다. 밖에 나가지 않는다고 놀지 않는 건 아니다. 책상 앞에 앉아 있다고 계속 공부를 한다고 생각하지는 않겠지?

씽씽 자전거를 타고 달리고 싶어서 다리가 근질근질하지만 당분간은 참기로 했다. 숙제를 끝내고 컴퓨터를 켜면 어김없이 쪽지가 와 있다. 동민이보다 기찬이가 더 재미있어한다.

'놀자.'

나는 얼른 답장을 했다.

"동민이는 공부방 갔으니까 조금 더 있어야 올 거야."

"오케이! 우리 둘이 좀 놀자!"

어디서든 놀 수는 있지만 친구 없이 혼자는 재미가 없
다. 나는 같이 놀 수 있는 친구가 있어서 정말 다행이라
고 생각하며 키보드를 드드르륵 두드리기 시작했다.

할머니의 일기장

11월 20일 목요일

마른하늘에 날벼락이라더니 이럴 수도 있구나.

수진아, 그래 얼마나 놀랐니?

이 할미가 이렇게 가슴이 두근거리고 아픈데 어린 너야 오죽했을까.

한밤중에 네 엄마 아빠가 크게 다투었다는 소리를 들었다.

한동안 잘 지내나 싶었더니 또 툭탁거리는 모양이구나.

어른들도 아이들처럼 싸울 때가 있단다.

무슨 일이 있는지는 할미가 천천히 알아보마.

당장은 화가 나서 집을 나갔지만 네 엄마도 금방 다시 돌아올 거야.

내 예쁜 손녀, 수진아.

할미는 수진이가 제일 걱정이다.

11월 25일 화요일

수진이가 예민하게 군다.

무엇보다도 밥을 먹지 않으려고 해서 애가 탄다.

아침에도 겨우 두 숟가락 억지로 입에 떠 넣어 주었다.

점심은 제대로 먹기나 하는지 담임 선생님께 전화를 해 볼까 하다가 그만두었다.

괜히 제 부모 두고 할머니가 나서는 것이 이상할까 싶어서 망설여진다.

그런데 수진 엄마는 아직도 연락이 없다.

전화를 해 보아도 연결이 안 된다.

문자를 남겨 놓았지만 답도 없다.

두 사람은 완전히 갈라서겠다는 건지 조금도 양보할

마음이 없는 모양이다.

예전에는 다 참고 살았는데 요즘 젊은 사람들은 자기 자신이 더 중요하다고들 하니…….

내 자식이지만 수진 애비가 원망스럽다.

수진이 생각도 좀 해야지.

답답한 사람은 영감하고 나뿐이다.

11월 28일 금요일

수진이를 혼자 둘 수가 없어서 내가 계속 들락거린다.

잠은 제 아빠 방에서 같이 자는 모양이다.

새벽에 여기 아파트로 와서 아침밥을 준비해 주고, 애비 출근시키고 수진이 등교시키고 나면 정리 좀 해 두고 집으로 돌아간다. 거리가 가까워 운동 삼아 걸어 다닐 수 있으니 그마나 다행이다.

당분간 우리 집에 와서 지내라 해도 고집불통 수진 애비가 싫다고 한다.

꼴에 면목이 없는지 알아서 살겠다고 버티고 있다.

결국 애들은 헤어지기로 결정했단다.

우리가 참견할 수 있는 일은 아니지만 기가 막힌다.

드라마에서나 일어나는 일인 줄 알았더니만 내 자식들이 이럴 줄은 꿈에도 생각 못 했다.

내가 자식을 잘못 키운 탓인가 보다.

며느리한테도 섭섭한 마음은 어쩔 수가 없다.

수진이가 열 살이 되도록 한 가족으로 살았는데 설명 한 번 없이 가족의 인연을 끊어 버리겠다는 것이 섭섭하고 속상하다.

내 정성이 부족했을까.

12월 1일 월요일

올해 마지막 달이 시작되었다. 우리 집은 계속 침울한 분위기다.

다른 사람들은 김장을 하고 겨울 준비들을 하는데 나는 김장할 마음도 기운도 없다.

그래도 어떻게든 김장은 해야 하는데…….

수진이는 생각보다 기특하고 야무진 놈이다.

학교 갔다 오면 시키지 않아도 자기 혼자서 숙제도 하고 학원도 시간 맞춰 잘 다닌다.

일부러 더 잘하려고 하는 게 보인다.

이번에 시험 점수도 상당히 좋다.

세 과목이나 백 점이고, 과학에서 한 문제를 놓쳤단다.

큰애네 희진이는 영 공부에 취미가 없다는데 수진이는 뭐든지 잘하고 똑 부러진다.

그런데 한쪽 가슴이 왜 이렇게 아플까.

수진이 생각만 하면 한숨이 저절로 나와서 큰일이다.

엄마 이야기는 꺼내지도 않고 자기 일을 묵묵히 하는 우리 수진이.

눈치를 보니 제 엄마하고는 전화도 하고 문자도 주고받는 모양이다.

그런데 나한테는 안 그러는 척한다. 물론 나도 모른 척하고 있지만.

12월 6일 토요일

날씨가 추워졌다.

수진이 입을 두꺼운 외투를 큰맘 먹고 샀는데 요 녀석이 싫다고 한다.

안 입겠다고 소리를 지른다.

희진이한테 입혀야 하나 어쩌나 고민 중이다.

요즘 투정이 부쩍 심하다.

학교 갈 때 배웅도 못 하게 하고 돌아올 때 밖에 나와 있지도 못하게 한다.

친구들이 보면 창피하다고 아는 척도 하지 말라고 한다.

　나는 그냥 나

엄마랑 같이 살지 않는다고 친구들이 놀릴까 봐 걱정하는 눈치다.

나를 자기 방에 들어오지도 못하게 한다.

내가 챙겨 주는 밥은 먹지도 않고 빵이나 과자를 사다 먹는다.

좋아하던 불고기를 해 줘도 먹지 않고, 달걀찜을 만들어 줘도 시큰둥하다.

원래 입이 짧았지만 이 정도는 아니었는데, 애가 마음 병이 단단히 든 게다.

어른들 죄다. 다 내 죄인 듯해서 나도 입맛이 없다.

아이가 점점 말라 간다.

내 새끼 수진이…….

금쪽같은 내 새끼!

수진이는 여기까지 읽다가 노트를 덮어 버렸다. 학교에서 돌아와 보니 할머니는 시장에 가셨는지 안 계셨다. 식탁 위에 올려져 있던 할머니의 가방, 그 밑에 비어져 나와 있는 노트. 무심코 읽기 시작한 할머니의 노트에 블랙홀처럼 빠져들었다.

수진이 두 볼에 눈물이 줄줄 흘러 내렸다. 엄마가 보고 싶어서도, 할머니한테 미안해서도 아니었다. 정확하게 뭔지는 모르겠지만 가슴이 아프고 저절로 눈물이 났다.

그때 삑삑 현관문의 비밀번호 누르는 소리가 들렸다. 수진이는 재빨리 방으로 들어가서 책상 앞에 앉았다. 부시럭부시럭 소리를 내며 사 온 물건들을 식탁 위에 올려놓은 할머니가 수진이 방문을 두드렸다.

"수진이 왔어?"

수진이는 아무 대답도 하지 않았다.

할머니가 방문을 열었다.

"배 안 고파? 뭐 줄까?"

"됐어!"

퉁명하게 던진 수진이 말에 할머니는 살그머니 방문을 닫았다. 고개를 숙이고 책을 보는 척했지만 수진이 눈에는 눈물이 그렁그렁했다. 자꾸 눈물이 흘렀다.

"호떡 하나 먹어 봐라. 너 좋아하잖아."

잠시 후 할머니가 고소한 냄새가 나는 호떡을 접시에 담아 오셨다. 엄마랑 시장 갈 때마다 사 먹던 호떡이다.

"안 먹어요."

"하나 먹어 봐. 배고플 낀데."

할머니는 호떡이 담긴 접시를 책상 모퉁이에 놓고 나가셨다. 눈도 주지 않고 책만 뚫어져라 보고 있던 수진이가 갑자기 호떡 접시를 확 밀어 버렸다.

"퍽! 쨍그랑!"

접시는 방문에 부딪혔다가 깨져서 방바닥에 나뒹굴었다. 호떡 안에 있던 꿀물이 흘러나와 바닥이 엉망이됐다.

"왜 그래, 무슨 소리야?"

할머니가 놀라서 방문을 열다가는 우뚝 멈춰 섰다. 고개도 들지 않고 가만히 앉아 있는 수진이를 물끄러미 바라보시던 할머니의 눈가가 촉촉해졌다.

소리를 죽인 동영상처럼 할머니는 깨진 접시를 치우고 방을 닦아 내는 동안 그 어떤 말씀도 하지 않으셨다.

수진이도 인형처럼 책상 앞에 꼼짝 않고 앉아 있었다.

"내일은 방학하는 날이니까 큰아빠 집에 오라더라. 희진이랑 놀기도 하고 맛있는 거도 먹고 큰집에서 며칠 자고."

수진이는 여전히 아무 말을 하지 않았다. 어제 희진이랑 문자로 약속했지만 큰집에 가는 것이 썩 내키지는 않았다. 경진이 오빠랑 희진이랑 만나면 재미있고 신난다. 그런데 큰아빠나 큰엄마가 자꾸만 눈치를 보는 것 같아서 싫었다. 엄마랑 같이 살 때보다 일부러 더 잘해주려고 하는 게 느껴져서 오히려 불편했다.

방학식이 끝나고 집에 돌아가니 할머니는 벌써 가방을 싸 놓고 기다리고 계셨다. 수진이가 큰집에서 사나흘 지내고 올 짐을 챙기신 것이다.

큰집에 도착하니 희진이가 뛰어나와 수진이 손을 잡아끌었다. 큰엄마도 수진이를 반갑게 맞았다.

"어서 와."

할머니는 수진이를 희진이네에 데려다 주고는 현관에서 바로 돌아가려고 하셨다.

"희진 에미야, 네가 며칠 신경 쓰이겠다. 나는 고만 갈란다."

"차 한 잔 드시고 가세요."

"그냥 가서 좀 누워야겠다."

큰엄마가 할머니 손을 잡았지만 할머니는 괜찮다며 그대로 돌아가셨다.

수진이와 희진이는 인형 옷 입히기도 하고 피아노도 치고 컴퓨터 게임도 했다. 희진이 방에서는 오후 내내 조잘조잘 떠드는 소리, 까르르 웃음소리가 흘러나왔다. 경진이 오빠가 끼어들 틈도 주지 않고 둘이서만 머리를 맞대고 킥킥 웃고 떠들었다. 수진이와 희진이 목소리가 집 안을 꽉 채울 즈음 맛있는 저녁상이 준비되었다.

"잘 먹겠습니다!"

큰엄마의 맛있는 갈비찜으로 오랜만에 수진이도 밥 한 그릇을 다 비웠다.

"수진이 더 줄까?"

큰엄마는 자꾸 수진이한테 갈비 접시를 밀어 주셨다.

"나는?"

희진이가 팩 토라진 얼굴로 젓가락을 입에 물었다.

"아이고, 그래. 우리 못난이도 많이 드셔."

큰엄마는 못 말리겠다는 듯이 희진이를 흘겨보았다.

저녁 식사를 끝내고 귤을 한가득 담은 접시를 앞에 놓고 모두 텔레비전에 빠져 있었다. 연말이라 인기 있는 연예인들이 많이 나왔다. 큰아빠는 소파에 비스듬히 드러누웠고, 경진이 오빠는 큰아빠와 반대 방향으로 기댄 모양이 세상 부러울 것 없이 편안한 모습이다. 수진이와 희진이는 마룻바닥에 앉아서 다리를 쭉 뻗고 등은 소파에 기댔다. 그 옆에서 큰엄마는 사과를 깎고 계셨다.

"째릉째릉째릉!"

큰아빠의 휴대 전화가 울렸다.

"예? 알았어. 금방 갈게요."

큰아빠가 벌떡 일어서서 후다닥 겉옷을 걸쳐 입으셨다.

"왜? 무슨 일이에요?"

큰엄마가 뒤따르며 물었다.

"엄니가 병원이래."

"왜요?"

큰엄마 큰아빠가 바쁘게 왔다갔다 움직였다. 수진이는 무슨 상황인지 몰라 멍하니 있었다. 아무 생각도 나지 않

있다. 다음 순간,

"할머니가 왜요?"

수진이는 큰아빠가 현관에 나서서 문을 열려는 순간
아차 싶었던 것이다.

"자세히는 모르겠다. 정신을 잃으셨대."

현관문 닫는 소리, 띵똥 엘리베이터 문 열리는 소리,
텔레비전 소리, 큰엄마가 누군가와 통화하는 소리…….

수진이 귀에는 분명히 많은 소리들이 들렸다. 그런데
그 소리들이 벌레 소리처럼 윙윙윙 주위를 맴돌기만 할
뿐이었다.

'할머니가…….'

수진이 머릿속에는 온통 할머니의 일기장밖에 생각나
지 않았다. '내 새끼 수진이'라는 할머니의 글씨가 자꾸
눈앞에 아른아른 떠올랐다.

'나 때문에?'

수진이는 자기 때문에 할머니가 병이 난 건지도 모른
다는 생각에 겁이 덜컥 났다. 그 생각이 들자 눈물이 그
렁그렁 맺혔다.

"왜 그래, 수진아!"

큰엄마가 수진이를 끌어안았다.

"흐허어앙!"

희진이도 훌쩍훌쩍 따라 울었다.

"할머니 죽으면 어떻게 해요? 나는 엄마도 없는데!"

큰엄마가 수진이 등을 토닥토닥 두드렸다.

"괜찮아, 괜찮아! 어이쿠나, 할머니가 걱정되긴 하나 보네, 우리 아가씨가!"

큰엄마가 환하게 웃었다.

"괜찮을 거야! 할아버지랑 다시 통화했어. 독감이시래."

그래도 훌쩍거리는 수진이를 큰엄마는 지그시 바라보셨다.

"그럼……."

잠시 말을 끊었던 큰엄마가

"우리도 병원으로 가 볼까?"

큰엄마의 말이 끝나기가 무섭게 수진이가 외투를 들고 나왔다.

"나도 나도!"

희진이도 목도리를 둘렀다. 그러자 큰엄마가 풋 웃으며 수진이와 희진이 손을 잡았다.

"오늘은 너무 늦었어. 내일 아침에 죽 끓여서 같이 병원에 가자."

그제서야 수진이 귀에 크리스마스 캐럴 송이 들리기 시작했다. 연예인들이 합창하는 캐럴 송이 텔레비전 밖으로 경쾌하게 울려 퍼지고 있었다.

나는 그냥 나

　순식간이었다. 솔직히 나는 무슨 일이 어떻게 돌아가
는지도 모르고 있었다. 그런데 그 일은 나한테 일어난 일
이었다.

　우리 집이 이사를 하게 되었다. 시내에서 가장 비싸기
로 이름난 고층 아파트에 살던 우리 가족이 읍 소재지로
이사를 하는 것이다. 살던 집은 다른 사람에게 빌려주고,
그리 멀지는 않지만 대도시와는 달리 조용하고 한가로운
동네, 이제 막 새로 지은 아파트로 옮기게 되었다.
　"이제 조금만 있으면 졸업인데……."
　엄마 아빠는 갑자기 이사를 한다고 하셨다. 한 달쯤
있으면 겨울 방학이고 그러면 금방 초등학교 졸업식인데

말이다. 지금까지 같이
학교를 다니던 친구
들을 두고 새로운 학
교에 가서 졸업을
맞아야
한다는
사실이
나로서는 기막힌 일이었다.

"왜 이사 가는데요? 나는 여기가 좋은데!"

엄마한테 투덜거려 보았다.

"너 때문이잖아. 엄마 아빠가 다 알아서 할 테니까 너
는 공부나 열심히 하면 돼."

엄마 아빠는 나 때문에, 나를 위해서 이사를 하는 거
라고 하신다. 친한 친구들과 헤어지게 되었는데 나에게
무슨 좋은 일이라는 말인지 이해가 되지 않았다.

"아빠가 회사를 옮기는 것도 아니잖아요?"

엄마는 직장을 안 다니신다. 아빠 회사 문제로 이사를
하는 거라면 이해하겠지만 그것도 아니라는 것이다.

'내가 모르는 문제가 있나 보다. 돈이 없는 걸까.'

사실 조금 걱정이 되었다. 내가 어려서 말씀 못하시는, 부모님만 아시는 큰 문제가 있는 건지도 모른다는 생각이 들었다. 어른들이 알아서 한다고만 말씀하셨고, 어차피 내가 할 수 있는 일도 없었다. 평소처럼 엄마는 나에게 조곤조곤 설명해 주지도 않았다. 그렇게 우리 집의 이사는 말이 나오자마자 빠르게 진행되었다.

겨울바람이 꽤나 매섭게 불어오는 12월 어느 주말, 겨울 방학을 일주일 정도 남기고 새로운 동네 새 집으로 이사를 했다. 새로운 학교에서 나에게 관심을 보이는 아이는 없었다. 짝지 경민이 이름만 겨우 알고 반 아이들의 얼굴도 익히지 못한 채로 겨울 방학이 시작되었다.

이사는 했지만 그렇다고 내게 큰 변화가 일어난 것은 아니었다. 방학 동안 나는 전에 살던 동네로 학원을 다니고, 내가 좋아하는 축구 교실도 그대로 다녔다. 그동안 같이 놀던 친구들을 자주 만나니 집이 조금 멀어졌다는 것 말고는 평소와 같은 생활이었다.

"너, 시골로 이사 갔다며?"

"대단하다, 너희 엄마!"

친구들이 나한테 한마디씩 던져도 나는 대수롭지 않

게 느껴졌다.

얼떨결에 겨울 방학을 보내고 얼굴을 익히지도 못한 아이들 틈에 끼어서 졸업식에 참석했다. 졸업인데도 섭섭한 것도 없고 아쉬운 것도 없이 나의 초등학교 시절은 그렇게 끝이 났다.

중학교 입학식 날이었다.

"야! 김진호!"

"어? 어!"

깜짝 놀라서 입이 다물어지지 않았다.

저쪽 도시의 학교에서 6학년까지 같이 다니던 친구 민규였다. 3학년 때부터 그룹으로 수학과 논술 공부를 하던 민규를 이사한 곳에서 다시 만나다니 꿈만 같았다.

"어떻게 된 거야? 너희 집도 이사?"

"며칠 전에."

햐! 드디어 나도 아는 얼굴을 만난 것이다. 그동안 자기들끼리 친한 듯 장난도 치고 조잘조잘 떠드는 아이들 틈에서 나 혼자라 조금 기가 죽어 있었는데 민규를 보자마자 해죽해죽 웃음이 나왔다.

"태영이도 이 학교로 왔어!"

민규의 말에 또 한 번 내 눈이 휘둥그레졌다.

"뭐? 정말?"

우연치고는 정말 행운이다 싶었다. 나는 민규랑 태영이랑 같은 반이 되진 못했지만 같은 중학교에 다니게 된 것만으로도 충분히 만족스럽고 기분이 좋았다. 더구나 태영이네는 주말에 우리 집과 같은 아파트로 이사를 온다니 믿기지 않았다.

"이럴 수가!"

"아싸!"

태영이를 만났을 때 내가 팔짝팔짝 뛰면서 좋아하니 민규는 별일 아니라는 듯 피식거렸다. 둘이서는 이미 알고 있었지만 나는 몰랐던 사실이니 놀랄 수밖에.

입학식에서 만난 민규 엄마와 태영이 엄마, 그리고 우리 셋까지 모두 우리 집으로 가서 점심을 함께 먹었다. 짜장면과 탕수육을 시켜서 푸짐하게 먹고, 엄마들이 커피를 마시며 이야기를 나누는 동안 우리에게는 자유 시간이 주어졌다. 당연 컴퓨터와 스마트폰 게임에 빠졌다. 야호, 야호!

어른들의 이야기는 끝도 없이 이어졌다. 언뜻 들리기로는 주변 고등학교 이야기도 나왔고, 지금 다니는 학원에 대해 이야기할 때는 잠깐씩 우리를 불러 확인을 하기도 하셨다. 민규나 태영이네까지 모두 같은 읍으로 이사를 한 것이 6학년이 되면서 서로 의논된 일이라는 정도를 나도 알게 되었다.

게임에서 점수는 내가 가장 높았다. 마음이 푹 놓이고 기분이 좋아서 그런지 게임도 술술 잘 풀렸다.

'역시 나는 운이 좋아.'

이사 온 동네에 예전 친구가 둘이 더 있다니 이런 행운이 또 있을까 싶었다.

그러나 내 행운은 그리 오래가지 않았다.

"재수 없어!"

같은 반 친구들이 흘깃거리며 나를 향해 내뱉은 말이었다.

"쟤들 치맛바람이라며?"

웅성거리며 지나가는 아이들이 하는 말을 나는 이해할 수가 없었다. 내가 뭘 잘못한 건지 나는 알지 못했다.

"칫!"

"학교는 여기에서 다니고, 학원은 시내로 가고?"

맞는 말이다. 옆 반 친구들까지도 나를 두고 수군거리는 말 중 틀린 것은 없다. 나는 주중에 두 번 학원에 가고 주말에도 학원에 가는데, 예전에 살던 도시의 아파트 단지에 있는 학원에 계속 다니고 있었다. 제법 거리가 멀지만 엄마가 자동차로 데려다 주시기 때문에 그렇게 힘들지는 않았다.

'그게 왜?'

민규도 태영이도 학원은 전에 살던 곳으로 다니고 있었다. 학원 문제 따위로 아이들이 나를 이상한 듯이 쳐다볼 거라고는 생각지도 못했다. 문제는 반 친구들이 아무도 나하고 상대해 주지 않는다는 사실이다. 내가 말을 걸면 대꾸도 하지 않는다. 운동장에 나가 뛰는 친구들 틈에서 같이 축구를 하려고 해도 끼워 주지 않았다. 일부러 피한다는 느낌, 기분이 매우 나쁘고 화가 난다.

"쳇!"

헛발질을 해 보았다.

점심을 먹고 나서 옆 반으로 민규를 찾아갔다. 아이들

이 힐긋거리며 키득대고 입을 삐죽거렸다.

"밥 먹었어?"

"음."

민규 대답이 시원찮다.

"잠깐 시간 돼?"

민규는 잠시 나를 물끄러미 바라보더니 따라오라는 손짓을 하며 교실을 나갔다. 우리는 화단 울타리 앞에 쪼그리고 앉았다. 무심코 내려다본 시멘트 바닥에 봄 햇살이 하얗게 내리꽂혀 눈이 부셨다.

"이것 봐."

블록 사이로 냉이 한 포기가 머리를 내밀고 있었다.

"신기하다. 얘들이 봄이라고 나왔네."

민규가 환하게 웃었다.

"야, 넌 재미있나? 중학교?"

내가 불쑥 물었다.

"별로."

민규가 짧게 대답했다.

"애들이 자꾸 욕하고 그런다. 축구도 끼워 주지도 않고."

민규는 아무 말도 하지 않았다. 한동안 가만히 냉이만 바라보고 있더니 불쑥 입을 연다.

"소문이 났으니까 그렇지."

"무슨 소문?"

"야! 너는 정말 모르냐? 우리가 왜 이 시골구석에 와서 학교를 다니는지?"

"이사 왔으니까."

나는 분명하게 대답했다. 이사를 왔으니 이곳에 있는 학교에 다니는 거고 그것이 뭐가 문제란 말인가.

"몰라! 너네 엄마한테 물어봐, 인마."

민규가 한심하다는 듯이 나를 바라보고는 교실로 들어가 버렸다. 민규가 가고 난 뒤에도 나는 한참 동안 냉이를 보며 볕을 쬐었다. 교실에서 아이들이 왁자지껄 떠드는 소리가 메아리처럼 울렸다.

오후 영어 시간이었다. 그 오후의 굴욕으로 나는 더 많이 아이들의 입에 오르내리게 되었다. 조별로 상황극을 만들어 발표하는 활동을 하는 수업이었다. 조를 짜면서 사건이 일어났다.

"네 명이나 다섯 명 정도씩 조를 만들고, 조 이름부터 정해 보세요."

영어 선생님의 말씀에 아이들이 끼리끼리 모여서 조를 만들었다. 그런데 마지막에 나만 덩그러니 혼자 남게 된 것이다. 아무도 나를 끼워 주려고 하지 않았다.

"김진호! 너는 왜 가만히 있어? 함께 해야지."

나는 아무 말도 할 수가 없었다. 그 상황에서 내가 무슨 말을 할 수 있단 말인가. 순간 설움이 북받쳐 올랐다. 그 뒤에 일어난 일은 나도 자세히 기억나지 않는다. 기억하고 싶지 않은 건지도 모르겠다. 나는 벌떡 일어서면서 책상을 힘껏 내리쳤고, 선생님과 반 아이들 모두 순식간에 정지 화면처럼 굳어져 버렸다.

"에이, 씨!"

책상을 퍽 밀어 버렸다. 와르르 무너지는 소리가 들렸지만 나는 모른 척하며 교실 밖으로 뛰쳐나왔다. 그 길로 바로 집에 돌아와 이불을 뒤집어쓰고 잠들어 버렸다. 얼마나 시간이 지났을까. 엄마가 깨우는 소리에 그때서야 정신이 번쩍 들었다.

"어떻게 된 거야? 학교에서 전화 왔던데."

"몰라!"

엄마가 선생님을 만나 무슨 이야기를 나누었는지는 나는 알려고도 하지 않고 관심도 없는 척했다. 그런데 그 일로 나는 상담 선생님께 심리 상담을 몇 번이나 받아야 했고, 아이들은 나를 두고 폭력적이고 분노가 조절 안 되는 문제 있는 성격 이상자라는 놀림거리를 하나 더 찾게 되었다.

초등학교 때는 친구도 많고 꽤 인기도 있었고 성적도 좋았는데 중학생이 되어 왕따가 되어 버리다니 도대체 뭐가 잘못되었는지 모를 일이었다.

"다시 이사 가요!"

"뭐라는 거니?"

"이 동네가 싫다고요!"

나는 엄마 앞에서 소리를 빽 질렀다.

"너 때문에 이사까지 왔는데 무슨 소리야? 아무나 할 수 있는 줄 아니?"

"내가 오자고 그랬어? 난 여기가 싫어요."

"이놈아, 여기서 중학교를 다녀야 저기 고등학교에 가게 돼. 저 고등학교가 얼마나 서울대를 많이 보내는 줄 알아? 농어촌 특례가 되는 학교라고!"

"예?"

늘 서울대 타령을 하던 엄마였지만 그래도 나는 엄마가 좋았다. 엄마 아빠의 계획대로 잘 따르고 말썽 한번 피운 적도 없었다.

'그거였구나.'

엄마 아빠가 이 작은 읍내로 이사를 온 건 중학교를 넘어 고등학교, 아니 서울대가 목표였기 때문이었다. 엄마의 말을 듣는 순간 뭔가 크게 잘못되었다는 생각이 들었다. 반 아이들이 수군거리던 말들도 떠올랐다.

'돈만 있으면 다야?'

'쟤들 고등학교 때문에 이사 온 거래.'

'대단한 부모네.'

'우리 촌놈들하고는 수준이 다르다?'

이제 알겠다. 아이들 눈에 내가 어떻게 비쳤는지 말이다. 학교는 여기서 다니면서 학원이며 다른 것들은 모두 도시로 나가서 하는 나. 부모님 직장 때문도 아니고 좋은 대학을 가기 위해서 이사를 왔다는데 그렇게 얄팍한 수를 쓰는 내가 얼마나 보기 싫었을까. 초등학교 때도 눈에

띄게 잘난 척을 하거나 특별한 듯이 행동하는 아이는 늘 왕따였는데……. 반 아이들의 말을 자세히 들어 보지도 않고 깊게 생각해 보지도 않았던 내가 바보였다.

"엄마!"

"아빠!"

저녁을 먹다 말고 나는 엄마 아빠를 불렀다.

"왜? 무슨 일이야?"

"저 때문에 이사 온 거 맞아요? 순전히 대학 때문에?"

나는 최대한 차분하고 조용하게 말을 이어 갔다.

"제가 공부를 못하는 것도 아닌데, 고등학교도 아니고, 벌써 대학 걱정은 너무한 거 아니에요?"

엄마가 그만하라는 눈짓을 보냈다.

"진호 네가 세상을 몰라서 그래. 지금부터 준비하지 않으면 나중에 후회해."

단호한 아빠 말씀에 나도 또박또박 말했다.

"엄마 아빠가 다 정해 놓고! 나는 모르고!"

나는 침을 꼴깍 삼켰다.

"이제 제가 알아서 할게요."

두 분의 눈이 동시에 커졌다.

"뭐?"

"학원은 이 동네에서 다니게 해 주세요."

"이 동네엔 잘하는 학원이 없어서 안 돼!"

"그럼, 다시 이사 가요, 우리."

"뭐라는 거니?"

"엄마 아빠 때문에 애들이 나하고 말도 안 한단 말이에요!"

눈물이 나려고 했지만 꾹 참았다. 이사를 왔으니 여기서 이곳 친구들과 같이 공부하겠다고 또박또박 말했고, 지금까지 다니던 저쪽 학원에 계속 가게 한다면 공부를 아예 하지 않겠다고 선언했다. 독립 선언은 아니더라도 지금 엄마 아빠께 나를 선언하지 않으면 안 되겠다 싶었다. 중학교 다니는 내내 외톨이로 지낼 수는 없는 일 아닌가. 내가 좋아하는 축구를 하며 운동장을 뛰어다니려면 나에게 여기 친구들이 꼭 필요하기도 하였다.

"진호 너!"

엄마 아빠는 나를 설득할 말들을 생각하시는 모양인지 표정이 복잡해졌다. 그러나 나는 엄마 아빠가 뭐라고 하셔도 듣지 않을 생각이다. 안 된다면 밥도 먹지 않고 말도 하지 않고 버틸 것이다. 엄마 아빠가 시키는 대로만 하는 진호가 아니라 나는 그냥 나이고 싶다.

　내일 민규와 태영이한테도 말해야겠다. 이제 이 학교 학생이 되어 여기 친구들하고 어울리며 친하게 지낼 거라고 말이다.

생일 선물

새벽에 일찍 잠에서 깼지만 나는 이불 속에서 나오지 않았다. 눈만 껌벅거리며 희미하게 밝아 오는 창 쪽을 바라보았다. 날이 밝아도 내 마음은 해가 뜨지 않고 어둑어둑하다.

오늘이 내 생일이다. 분명 새엄마는 미역국을 끓여 생일상을 준비할 것이다. 그런데 나는 그다지 반갑지도 고맙지도 않다.

"너네 엄마, 외국인이야?"

소정이의 목소리가 아직도 쟁쟁해서 나는 눈을 질끈 감았다.

하필이면 어제 학교에서 돌아오는 길에 아파트로 들어서는 큰길에서 새엄마를 만났다. 새엄마는 나를 보며 환하게 웃었다.

"생일상 차려 주려고 시장 다녀오는데, 우리 연우 여기서 만났네."

한국어가 능숙해 목소리만 들으면 당연히 한국 사람처럼 느껴질 테지만, 우리 눈앞에 있는 아주머니는 피부가 까무잡잡하고 쌍꺼풀이 짙어서 누가 보더라도 외국인이라는 것을 알아볼 수 있었다. 나랑 같이 있던 소정이가 당황한 눈빛을 보이더니 내 귀에다 소곤거렸다.

"너네 엄마야?"

순간 불에 덴 것처럼 얼굴이 확확 달아올랐다.

"어, 어?"

무슨 말인가 해야 한다고 생각은 하면서도 아무 말도 할 수가 없었다.

"나, 간다!"

소정이도 새엄마도 내버려 두고 도망자처럼 뛰어서 집으로 돌아왔다.

'에이, 하필!'

아무리 생각해도 화가 치민다.

'하필이면 거기서 만나게 되다니. 친구랑 같이 있는데

왜 아는 척은 해!'

새엄마가 원망스럽다.

"엄…… 마!"

나는 모기 소리만 하게 엄마를 불러 보았다. 내 엄마, 내 진짜 엄마가 너무너무 보고 싶다. 눈물이 찔끔 새어나왔다. 사진에서 늘 환하게 웃고 있는 내 엄마는 오늘 나를 낳아 주셨지만 이제 다른 세상으로 떠나고 내 곁에는 없다. 3년밖에 안 됐는데도 벌써 엄마 얼굴이 가물가물하다.

생일날 이렇게 기분이 최악이라니 화가 더 치밀어 올랐다. 하필 거기서 새엄마를 만날 게 뭐람. 새로 사귄 친구 소정이는 딱 내 타입인데 이제 더 이상 친해지기는 틀렸다는 생각이 들었다. 곧 반에 소문이 쫙 퍼질 것이고, 나는 친구들의 동정 어린 눈빛을 받게 될 것이다. 이사를 하고, 중학생이 되고부터는 친구들의 따돌림으로부터 벗어났다고 생각하고 있었다. 두 달이 지나도록 별일이 없었다. 그래서 안심하고 있었는데, 다 방심한 내 탓이다.

"똑! 똑!"

방문을 두드리는 소리가 났다. 나는 아무 대꾸도 않고 가만히 눈을 감았다.

"똑! 똑! 똑!"

"연우야, 일어나야지."

새엄마였다. 아침 식사를 미리 준비하고 나면 늘 나를 깨우는 새엄마는 오늘도 똑같은 시간에 방문 앞에 서 있다. 밖에서는 식구들이 움직이는 소리가 났다. 그렇지만 나는 한참 동안 꼼짝도 하지 않았다.

"연우야, 일어나. 학교 늦겠다."

아빠 목소리가 방으로 비집고 들어왔다. 따지면 다 아빠 때문이 아닌가. 아빠가 새엄마랑 재혼만 안 했어도 나는 이런 고통을 받지 않을 것이고, 내 사춘기를 슬프게 보내지 않아도 될 것인데, 아빠도 밉고 원망스럽다.

"똑! 똑!"

한 번 더 나를 끌어내려는 노크 소리가 들렸다.

"아침 안 먹어요!"

분명 문 밖에서 새엄마는 당황했을 것이다. 아침을 안 먹겠다고 했으니 말이다. 아빠한테 지원 요청을 했을 것이고. 안 봐도 비디오다.

잠시 후 아빠가 내 방문을 툭 치고는 들어오셨다. 나는 벽 쪽으로 돌아누워 버렸다.

"일어나. 학교 늦어."

아빠 목소리도 듣기 싫어졌다. 그런데 기어코 아빠는 이불을 들춰서 내 몸을 돌렸다.

"어디 아파?"

"아니."

"그럼 얼른 나와. 생일 밥 먹어야지."

내 입술이 툭 튀어나왔다. 몸을 일으켰지만 영 내키지가 않았다. 그래도 학교에 가려면 어차피 이제 일어나서 움직여야 한다.

일부러 방문을 거칠게 열고 나갔다. 미역국 냄새와 구운 생선 냄새, 고소한 나물 냄새가 거실까지 그득하게 배어 있었다.

'뭐가 좋다고 호들갑이람.'

하필이면 오늘 생일이라니 그것도 맘에 들지 않았다.

"누나, 여기 앉아."

지우가 내 팔을 끌며 케이크가 앞에 놓인 자리에 앉혔다. 새엄마는 초에 불을 켰고, 우리 식구들은 노래를 부르고 촛불을 끄는 생일 의식을 치렀다.

"축하해!"

"생일 축하해, 누나!"

"아빠도 우리 딸 생일 축하한다!"

이렇게 애쓰는 식구들한테 한마디 안 하면 나쁜 딸이
되어 버릴 것이다.

"고맙습니다."

나는 억지로 웃었다.

"누나, 생일 선물이야."

지우가 빨간 포장지로 싼 작은 상자를 내 앞에 쑥 내
밀었다.

"고마워."

나는 지우는 보지 않고 대답만 하고는 선물 상자를 옆
으로 밀어 두었다.

"안 풀어 봐?"

아빠의 목소리다.

"나중에."

귀찮다, 모두. 내가 알아서 풀어 볼 텐데 꼭 간섭을 한
다. 곁눈으로 지우를 슬쩍 보니 섭섭한 듯이 입을 비쭉

내밀고 있다.

"나중에 볼게. 고마워.
나 오늘 바쁘거든."

빨리 일어서려고 후다닥

밥을 몇 숟가락 떠먹었다. 내
속이 이렇게 복잡하고 걱정스러운 것을 우리 식구들은
생각지도 못할 것이다. 새엄마 때문에 친구를 잃어버릴
지도 모르는데, 다시 친구들로부터 따돌림을 당할지도
모르는데 지금 내게 생일상이나 생일 선물은 그리 중요
한 것이 아니다.

"뭐 갖고 싶은 거 없어? 아빠가 사 줄게."

"없어."

짧게 말했다.

"그래도 연우야, 필요한 거 하나 사 달라고 그래."

새엄마가 거들었다.

"없어요."

내 대답은 여전히 간단했다.

"나 학교 빨리 가야 돼. 잘 먹었습니다!"

식탁을 떠나고 난 뒤 식구들 표정이야 어떻게 되든 신

경 쓰지 않기로 했다. 내 코가 석 자다. 소정이랑 친구들
이 나를 따돌릴지도 모른다. 베트남 엄마를 둔 불쌍한 아
이라고 동정할 게 뻔하다. 이런저런 생각에 빠지자 내 가
슴속에 누군가가 들어와 방망이질을 해대는 것 같았다.

'정말 싫다!'

이러면 안 된다고 머리로는 생각을 하면서도 내 깊은
곳에서는 새엄마에 대한 원망이 불쑥불쑥 솟아올랐다.

교실에 들어서는 발걸음이 무겁기만 하다. 누군가 내
앞에 나타나서 피식피식 비웃고 놀릴 듯한 불안감에 주
위를 두리번거렸다.

"휴우!"

일찍 등교를 해서인지 다행히도 아무도 없다.

"야! 최연우!"

막 가방을 내려놓고 의자에 앉으려는데 뒤에서 나를
부르는 소리가 들렸다.

'이크!'

제발 조용히 지나갔으면 했는데 내 바람은 또 깨어지
고 말았다.

"어, 어? 안녕!"

소정이다. 나는 어색하게 손을 들어 인사를 했다.

"너 생일이라며? 자!"

소정이가 예쁜 리본으로 묶은 작은 상자를 가방에서
꺼내서 건네준다.

"안 그래도 되는데······."

나는 어색해서 잠시 망설였다.

"고마워!"

"대신 내 생일 때도 선물 해 줘야 돼?"

"으응, 알았어."

불안하다. 이러다 뒤통수 맞는 건 아닐까. 아닌 척 하다가 나중에 딴소리 하는 친구들이 한둘이 아니었는 데······.

나는 눈에도 들어오지 않지만 영어 책을 펼쳤다. 어제 일에 대해 아무 말도 하지 않는 소정이가 어색하기도 하고, 선물을 주는 소정이에게 미안하기도 하고, 하여튼 이 런저런 생각으로 머리가 복잡하다. 뒷자리에 앉아 있는 소정이의 눈이 나를 관찰하고 있을 것 같아 영 기분이 찜 찜하다. 돌아보기조차 겁이 나서 꼼짝도 않고 책만 뚫어 져라 내려다보았다. 공부에 빠져 있는 것처럼 말이다.

아이들이 우르르 몰려들기 시작하자 한결 마음이 편 해졌다. 소정이의 눈에서 벗어났다는 것만으로도 희한하 게 편해졌다. 이래서 도둑이 제발 저린다 했던가. 내 약 점을 소정이가 알고 있다고 생각하니까 어제까지만 해도 친하게 지내던 친구가 불편하기 짝이 없다.

나는 종일 소정이 눈치만 살폈다. 그런데 소정이는 아무렇지도 않게 킥킥거리고 내게 말을 건넨다.

"생일인데 떡볶이라도 사."

한 술 더 뜬다. 생일이라고 나더러 한 턱 쏘라고 한다.

"그게……. 내가 일도 있고."

나는 얼버무리며 빠져나가려고 했다. 그런데 짝지 지현이가 그 말을 듣고는 말을 보탠다.

"그래. 학교 끝나고 떡볶이 먹으러 가자, 우리. 이왕이면 김밥도!"

혹을 떼려다 더 붙였다. 소정이랑 지현이가 은지를 끌어들이고, 수연이도 같이 가자고 약속을 한다. 내 생각은 듣지도 않고 자기들끼리 떡볶이 모임을 결성했다. 생일을 핑계로 뭉치자는 것이다.

'골치 아프게 됐다.'

친구들과 어울리는 것은 좋지만 어제 소정이와 있었던 일이 자꾸만 거슬려서 정말 도망치고 싶은 심정이었다. 내 엄마가 새엄마라는 것, 그것도 베트남 엄마라는 것을 이 친구들이 알면 지금처럼 나를 대할까. 나는 자꾸만 작아지고 작아져 바닥을 기는 개미가 된 듯한 기분이었다.

시간은 내 사정을 봐주지도 않고 냉정하게 흘러 수업이 다 끝났다. 우리 다섯은 교실을 같이 나서며 가뿐가뿐 걸었다. 아니, 내 걸음만 무거웠다.

"내가 새로 생긴 맛있는 집 아는데, 거기로 가자!"

소정이가 말했다.

"좋아. 맛없으면 네가 책임져!"

"걱정 마셔. 배가 뽈록하도록 먹게 될 테니까."

소정이는 자신 있게 앞장섰다. 학교 앞을 조금 벗어나서 제법 그럴듯한 상가의 피자집으로 들어간다.

"어? 떡볶이집 아니잖아!"

내가 얼떨결에 소정이를 잡았다.

"나, 돈 없어. 피자 먹을 만큼은."

"헤! 가만있어 봐. 내가 보탤게."

소정이의 행동이 거침없다. 다른 친구들은 소정이가 시키는 대로 자리를 잡고 앉았다.

"안녕하세요!"

"어서 와."

친구들이 피자집 아저씨한테 꾸벅 인사를 하였다. 나도 따라서 인사는 했지만 이 친구들의 오지랖이 넓다 싶었다.

"뭘로 드릴까요, 예쁜 아가씨들!"

주문을 받으러 온 아저씨가 우리를 번갈아 바라보았다.

"으음……."

내가 돈 걱정을 하며 메뉴를 보고 있는데 수연이가 목

소리를 높였다.

"보자, 나도 좀 보자. 우와! 다 맛있겠다!"

이번에는 소정이 목소리다.

"지난번에 먹었던 거 맛있던데. 제 친구들이 엄청 잘 먹거든요. 큰 걸로 주셔야 돼요!"

"알겠습니다. 조금만 기다리십시오."

그런데 아저씨가 우리 테이블에서 돌아가려는 순간,

"아, 새아빠! 음료수는 생과일주스로 주세요."

순간 나는 내가 잘못 들었나 했다. 눈동자만 굴려서 옆에 있는 은지를 흘깃 보았다. 지현이 눈치도 살폈지만 이 애들은 아무것도 못 들은 것처럼 태연하다.

"아 참, 연우 넌 모르지? 우리 새아빠셔. 얼마 전에 이 가게 오픈했거든."

'그렇구나.'

말을 하려고 했지만 입 밖으로 소리가 나오지 않았다. 다른 친구들은 같은 초등학교를 다녔으니까 알고 있을까. 그래도 그렇지. 아무렇지도 않게 새아빠라고 말하는 소정이가 대단해 보였다.

"새아빠시구나……."

혼잣말처럼 중얼거리는 내 옆구리를 수연이가 쿡 찌른다.

"새아빠면 어떻고 새엄마면 어때! 어른들이 알아서 하시겠지."

소정이가 활짝 웃으며 물컵을 들었다.

"그래, 우린 피자나 맛있게 먹으면 돼. 연우야, 생일 축하해!"

"생일 축하해!"

"축하해!"

소정이, 지현이, 은지, 수연이. 아무리 생각해도 생일 선물로서는 과하다는 생각이 들었다. 나는 친구들을 와락 껴안고 싶은 마음을 꾹꾹 누르며 해죽해죽 웃기만 하였다.

숨은그림찾기

"우리 반에 아주 뛰어난 학생들이 많아요. 그래서 선생님은 기대가 큽니다."

새 학기 초 담임 선생님의 말씀에 아이들은 서로 주위를 둘러보았다.

"지금까지 시험 칠 때마다 만점을 받던 경준이도 우리 반이고."

경준이는 우쭐했다.

지금까지 경준이를 아껴 주지 않는 선생님은 없었으니 이번 선생님도 분명히 경준이를 우선적으로 대해 주실 것이다. 그만큼 경준이는 공부도 잘하고, 운동도 잘하고, 그림도 잘 그렸다. 글짓기를 해도 눈에 띄었고, 아주 예의바르게 행동했다. 같은 학년뿐만 아니라 다른 학년에서도 경준이는 유명세를 떨치고 있었다. 선생님들은 큰 인물이 될 거라고 칭찬을 아끼지 않으셨다.

새로운 학년, 새로운 반에서의 관심사는 당연히 누가 반장이 되나 하는 문제였다. 똑똑한 아이, 멋진 아이, 성격 좋은 아이들은 인기가 있었다. 반장은 누구나 탐내는 자리이기도 했다.

그런데도 경준이는 반장 선거에 나오지 않았다.

공부에 방해도 되고 귀찮은 일이라고 짝지한테 이야기를 했다지만 사실은 그 이유만은 아니었다. 아무도 경준이를 반장으로 추천하지 않았다. 경준이랑 친하게 지내는 친구가 없을뿐더러 친구 사귈 시간도 없었다. 학교가 끝나면 현관 앞에서 기다리고 있는 경준이 엄마를 누구나 알고 있었다.

"저 새끼 마마보이 아니야?"

경준이를 가까이하고 싶어 하는 친구들은 아무도 없었다.

그런데도 이상하게 선생님은 경준이를 예뻐하신다. 늘 칭찬만 하신다.

선생님 앞에서는 아주 반듯하게 행동하고 뭐든지 잘

하니까 그럴 수밖에.

"선생님이 몰라서 그래. 짜식, 착한 척하기는!"

"공부만 잘하면 다야? 싸가지도 없으면서!"

그런데 선생님은 벌써 경준이 편이 되었는지 다른 아
이들의 마음은 모르는 듯이 경준이에게만 다정하게 대하
신다.

민재가 생각하기에도 경준이는 다른 아이들하고 조금 달랐다.

아침에 등교를 하는데 교문 앞에서 경준이를 만났다.

"야, 이경준! 같이 가자."

민재가 경준이를 불렀지만 경준이는 슬쩍 돌아보기만 하고 아무 대답도 없었다.

"자, 가방. 공부 잘 하고. 나중에 보자."

가방을 들어다 주었던 경준이 엄마가 경준이에게 가방을 건네주었다.

"안녕하세요, 아줌마!"

민재는 재빨리 인사를 했다.

"같은 반이에요."

"아, 그러니? 어서 들어가."

경준이 엄마는 민재 얼굴은 쳐다보지도 않고 인사를 받아 주는 둥 마는 둥 했다.

'뭐야? 4학년이나 되었는데 엄마가 학교 앞까지 따라오고.'

민재는 입학식 날 딱 한 번 교문까지 바래다준 엄마를 생각하니 피식피식 웃음이 났다.

진수가 생각하기에도 경준이는 조금 달랐다.

진수 앞에 앉는 경준이는 준비물을 꼭꼭 챙겨 왔다. 간혹 준비물을 빠뜨리면 경준이 엄마가 쉬는 시간에 가져다주었다.

어느 날 미술 시간에 있었던 일이다. 파랑 물감이 모자랐던 진수는 앞에 있는 경준이 등을 콕콕 찔렀다.

"왜?"

경준이가 얼굴을 찌푸리며 돌아보았다.

"파란색을 다 써서 그래. 한 번만
빌려주라."

진수는 미안함을 감추
면서 말했다.

"싫어."

딱 한마디로 거절하며 바로 돌아앉아 버리는 경준이에게 빌려 달라는 말을 더 꺼내지도 못했다. 부끄러움인지 민망함인지 모르지만 얼굴에 열이 확확 달아올랐다.

'까짓 물감 하나 갖고 치사하게 굴기는!'

진수는 뒷자리에 앉은 희진이에게 파랑 물감을 빌려 쓰면서도 경준이의 싸늘함이 오랫동안 잊혀지지 않았다.

현철이가 보기에도 경준이는 달랐다.

경준이는 반에서뿐만 아니라 학년 전체에서 가장 성적이 좋고 똑똑한 친구였다. 반대로 현철이는 시험지 보여 주기가 부끄러울 정도로 꼴찌 그룹에서 노는 아이였다.

현철이는 친구들과 잘 어울리며 놀았다. 쉬는 시간과 점심시간을 꼬박 놀고도 모자랄 만큼 놀 거리가 많았다.

늘 공을 들고 다니며 웃고 떠들고 지내는 현철이를 보면 경준이는 입을 삐죽거리며 지나치곤 했다.

어느 날 점심시간, 화장실에 다녀오던 현철이는 경준이와 복도에서 마주쳤다.

"퉤!"

경준이가 현철이에게 침을 뱉었다.

"왜 이래?"

아무 대꾸도 없이 지나치는 경준이.

"왜 침을 뱉냐구!"

현철이는 씩씩거렸다. 한바탕 붙을 작정이었다.

"야, 참아. 쟤 원래 저렇잖아. 그래 봤자 너만 손해야."

같이 있던 민재가 현철이 팔을 붙잡았다.

"칫! 공부도 못하는 주제에."

현철이와 민재는 똑똑히 들었다. 경준이가 지나치면서 하는 말을. 현철이에게 침을 뱉은 것도 모자라서 한마디 던진 아주 기분 나쁜 말을 똑똑히 듣고 말았다.

"저 짜식이! 공부 좀 잘하는 게 벼슬이야?"

현철이는 분이 안 풀렸지만 민재가 자꾸 잡아끄는 바람에 그 자리를 벗어났다.

짝지인 지석이가 보기에도 경준이는 다른 친구들하고는 달랐다.

공부는 잘하는데 잘 웃지 않았다. 1등을 해도 좋아하지도 않았다. 지석이 같으면 좋아서 싱글벙글 입이 다물어지지 않을 텐데 아무 일도 없는 듯이 태연했다.

공부 시간에 열심히 공부를 하는 것처럼 보이지만 꼭 그런 것만은 아니었다.

수학 시간이었다.

지석이는 열심히 문제를 풀고 있는데 슬쩍 옆을 보니 경준이는 낙서만 하고 있었다.

'다 아니까 그렇겠지.'

하긴 시험에서 틀리는 문제가 없으니 다 풀 수 있을 것이고, 그러면 자꾸 문제를 풀어 볼 이유도 없을 것이라고 생각하니 부럽기까지 했다.

"선생님이 저렇게밖에 가르치지 못하다니 한심하다. 그래도 선생님이라고, 흥!"

지석이는 잘못 들었나 했다. 설마 경준이가 그런 말을 할 것이라고는 생각도 못 했다.

"뭐라고 그랬어?"

"알 것 없어."

지석이는 기가 막혔다. 아무리 경준이가 공부를 잘한다 해도 선생님에게 심하다 싶었다.

"그래도 선생님인데."

"선생님이 뭐 별거냐!"

지석이는 더 이상 말을 못했다.

'쟤 좀 이상해.'

선생님을 하늘처럼 생각하는 지석이로서는 경준이가
이해되지 않았다.

기말고사가 끝난 어느 날 학교가 발칵 뒤집어졌다.

경준이 엄마가 학교에 항의를 한 것이다. 경준이를 집단으로 폭행한 학생들을 처벌해 달라고 교장실에 찾아간 것이었다.

지석이, 현철이, 진수, 민재가 교무실로 불려 갔다.

"너희들 왜 경준이를 때렸니? 그것도 한꺼번에 떼거리로 때리는 게 얼마나 나쁜 일이지 몰라서 그래?"

선생님은 이해할 수 없다는 듯이 고개를 푹 숙인 네 명을 노려보았다.

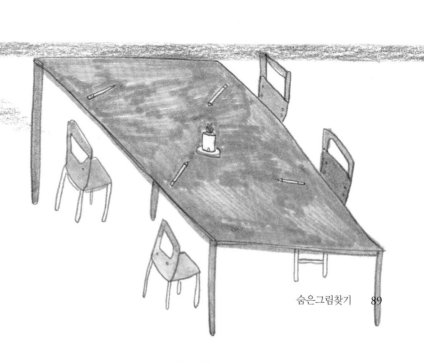

"말을 해 봐. 그렇게 가만히 있는다고 그냥 넘어갈 문제가 아니야."

아무도 입을 열지 않았다.

"집단 폭행이 얼마나 큰 문제인지 모르니? 부모님한테 알려야겠다."

네 명의 아이들 얼굴이 파랗게 질렸다.

"일단 경준이 어머니가 교장 선생님께 말씀드린 이상 간단한 문제가 아니다. 무슨 처벌이 있을 거야. 그러니까 어떻게 된 건지 이야기를 해 봐."

선생님 목소리가 조금 더 높아졌다.

"어차피 선생님은 경준이 편이잖아요. 경준이만 좋아하시잖아요. 잘 알지도 못하면서!"

민재가 울먹이며 말했다.

"뭐? 내가 왜 경준이만 좋아한다고 생각하니?"

"다 알아요, 우리도."

지석이도 눈물을 삼키며 말했다.

한동안 가만히 생각에 잠겨 있던 선생님께서 하얀 종이 한 장씩을 나눠 주셨다.

"그럼, 이렇게 하자. 너희들이 하고 싶은 말을 여기다가 전부 글로 써 보자. 경준이를 때린 이유도 쓰고, 반성할 일 있으면 그것도 쓰고, 선생님한테 하고 싶은 이야기 있으면 그것도 다 써도 돼. 비밀로 하고 싶다면 그렇게 해 줄게."

"지금요?"

"그래, 지금. 저쪽 책상에 가서 쓰면 돼."

네 아이들이 주춤주춤 걸어가 자리를 잡았다.

선생님은 선생님대로 혼란스러웠다. 아이들이 경준이만 차별 대우한다고 느끼는 것도 의외였고, 경준이 엄마가 담임을 통하지 않고 바로 교장 선생님을 만난 것도 당황스러웠다.

경준이는 네 명의 아이들한테 발로 차여서 바지에 운동화 자국이 남았다고 경준이 엄마가 난리였다. 병원에서 치료를 받을 정도로 상처가 난 건 아니라 해도 집단으로 폭행을 당한 데다 경준이 엄마가 그냥 조용히 덮고 넘어갈 기세는 아니었다.

"죄송합니다, 어머니. 제가 어떻게 된 건지 알아보고 연락드리겠습니다. 정말 죄송합니다."

"선생님만 믿고 갈게요. 우리 경준이가 어떤 아들인

데……."

몇 번을 고개를 숙이고 겨우 돌려보냈지만 알아서 처리해 달라는 경준이 엄마의 말이 가슴을 무겁게 눌렀다.

다음 날 경준이 엄마가 학교에 오셨다. 선생님은 네 아이들을 데리고 교장실로 들어갔다. 아이들은 고개를 들지 못하고 쭈뼛거리며 서 있었다.

"어떻게 하실 거죠, 교장 선생님?"

경준이 엄마는 당당하게 말했다.

"교장 선생님, 그리고 경준이 어머님! 여기 아이들이 쓴 글입니다. 먼저 읽어 보시기 바랍니다."

선생님은 들고 있는 종이를 교장 선생님께 건넸다. 교장 선생님은 한 장을 읽고는 경준이 엄마에게 넘겨주었는데 글을 읽어 가던 두 사람의 얼굴이 점점 굳어졌다.

네 장을 다 읽고 난 교장 선생님과 경준이 엄마는 한동안 아무 말도 없었다.

"보신 대로입니다. 이 아이들이 경준이를 집단으로 때린 것은 잘못입니다. 그런데요, 그 글들을 읽어 보셨지요? 교장 선생님도 계시니까 어떻게 하면 좋을지 어머님

께서 말씀해 주세요. 저는 어머님께서 원하시는 대로 하겠습니다."

경준이 엄마는 앞에 놓인 물을 벌컥벌컥 마셨다.

공부도 운동도 뭐든지 다 잘하는 경준이 때문에 자랑스럽게 학교를 오가던 경준이 엄마가 안절부절못하며 말을 더듬었다.

"지금 저더러 이걸 믿으라는 거예요? 우리 경준이가 어떤 아인데!"

"그럼, 여기 네 아이가 있으니 경준이를 부를까요? 거짓말인지 직접 확인해 보시겠습니까?"

선생님은 한마디 한마디에 힘을 주어 말씀하셨다.

"그건, 그건요, 그럴 필요까지야……."

경준이 엄마가 말끝을 흐렸다.

"이제 어떻게 할까요? 어떻게 처리하면 좋겠습니까?"

계속되는 선생님의 말에 교장 선생님은 아무 말도 않고 지켜보기만 하였다.

잠시 후 경준이 엄마가 자리에서 일어섰다. 잔잔한 바람에 나뭇잎이 살짝 흔들리듯 입술이 떨렸다.

"교장 선생님, 오늘은 바쁜 일이 있어서요. 저 먼저 나가 보겠습니다."

경준이 엄마는 교무실 문을 급하게 열고 나갔다. 고개를 숙이고 있던 네 아이들은 동시에 선생님만 바라보았다. 무슨 상황인지 몰라 어리둥절하였다. 이때 교장선생님이 한마디 하셨다.

"이놈들아, 다 선생님 덕인 줄 알아!"

"예?"

지금까지 기죽어 있었던 아이들의 목소리가 금세 맑고 높아졌다.

"감사합니다!"

"우리 살아난 거예요?"

그제야 굳었던 얼굴을 푸는 지석이, 현철이, 진수, 민재를 향하여 선생님은 입가에는 희미한 미소를 띠었지만 눈을 부라리며 대답하셨다.

"아니, 아직 몰라."

선생님의 예상대로였긴 하다. 경준이 엄마의 자존심에 엄마가 모르는 경준이의 모습은 도저히 용납이 안 될 것이다.

"그래도 잘못은 잘못이야. 너희들은 일주일 동안 교실 청소에 화장실 청소까지 다 해야 돼."

선생님의 머릿속이 다시 복잡하게 헝클어졌다.

'경준이를 어떻게 한다? 앞으로 남은 숙제는 이놈들이 도와주겠지?'

선생님은 우선 경준이와 경준이 엄마를 다시 만나 이야기해 봐야겠다 생각했다. 4학년 3반 교실로 향하는 선생님의 걸음이 가뿐하게 움직였다.

푸른생각 창작동화 001

나는 그냥 나